掠过额际的光影

黄宇辽 著

天津出版传媒集团

百花文艺出版社

图书在版编目（ＣＩＰ）数据

掠过额际的光影 / 黄宇辽著. -- 天津 ： 百花文艺出版社 ， 2025. 4. -- ISBN 978-7-5306-9088-8

Ⅰ. I227

中国国家版本馆 CIP 数据核字第 2025TA0907 号

掠过额际的光影
LUE GUO E JI DE GUANGYING

黄宇辽　著

出 版 人 : 薛印胜

责任编辑 : 张　雪

装帧设计 : 吴梦涵

出版发行 : 百花文艺出版社

地址 : 天津市和平区西康路 35 号　　**邮编** : 300051

电话传真 : +86-22-23332651（发行部）

　　　　　　+86-22-23332656（总编室）

　　　　　　+86-22-23332478（邮购部）

网址 : http://www.baihuawenyi.com

印刷 : 三河市华东印刷有限公司

开本 : 880 毫米×1230 毫米　1/32

字数 : 160 千字

印张 : 9

版次 : 2025 年 4 月第 1 版

印次 : 2025 年 4 月第 1 次印刷

定价 : 58.00 元

如有印装质量问题，请与三河市华东印刷有限公司联系调换
地址：三河市燕郊冶金路口南马起乏村西
电话：19931677990　邮编：065201

目录

CONTENT

第一辑　红　酒

烟雨漓江 /3

红酒 /4

碇步桥之一 /5

胡杨 /6

东兰曲 /7

灵芝 /8

小说 /9

翻找有趣的灵魂 /10

忆职高 /11

东兰 /12

芭蕉扇 /13

清明 /14

何为人生 /15

象棋 /16

吹风筒 /17

东兰有诗 /18

悼亡友 /20

雪种 /21

红水河，三月三 /23

声音 /24

城 /26

父亲 /27

童话 /28

瞌睡虫 /29

一碗螺蛳粉 /30

地铁站里的黄昏独白 /31

文学生活印记 /33

冰冰魔法师 /35

观雪 /36

乡恋 /37

狂野 /38

清晨 /39

苍白的沉默 /41

一杯绿茶 /42

神仙山 /43

幻想 /44

邮筒：时代的时空奔跑者 /46

明天之一 /47

红酒之桥 /48

第二辑　小　篾

心道 /53

春夜东兰 /54

我的阿勒泰 /55

壮乡传说 /56

邀你壮乡共赴一场桃花梦 /57

凌晨观球 /58

小篾 /60

瓜 /62

东兰 /63

愿望 /65

辛丑立夏 /67

近视眼 /69

挣扎 /70

客人 /71

悼袁公千古 /72

抽陀螺 /73

高高的月亮里会见一朵云 /74

壮画 /76

探寻 /78

大山之歌 /81

铜鼓缘 /84

梧桐树下的时光 /85

桃花记 /86

孤独的观察者 /87

寻觅翠羽桥的诗意栖息 /88

一支红色山歌唱燃红水河 /90

有朋自远方来之一 /92

木棉花，英雄花 /93

漓江情 /94

漓江恋 /95

远山的呼唤 /96

有朋自远方来之二 /97

一条红水河鱼 /99

东兰行 /100

雨 /101

醉美壮乡 /103

乡村小河 /105

玉米地 /107

一片树叶的涅槃 /108

第三辑　壮家乐

情人 /113

新编故事很长 /114

同学小矿 /115

门 /116

风向标 /117

二十六楼顶天台上 /118

碇步桥之二 /119

归园田居 /120

我的名字叫落日或者荒草 /122

壮舟 /123

禅心小屋，一念花开 /125

水乡晨韵 /126

乡音 /128

新岁绘春意 /129

在那山歌流淌的地方 /130

夏蝉 /131

木棉盛开杜鹃红 /132

铜鼓的低语 /133

壮家乐 /134

猜猜我是谁 /135

回响 /136

山那边，云雾里 /137

背影 /139

壮锦梦 /140

铜鼓 /141

壮山歌 /142

少数民族梦之一 /143

少数民族梦之二 /144

东兰的六月天欢迎你 /145

壮乡大地的一天 /146

以绣球为笔 /147

故乡魂 /148

山歌迷 /150

波豪湖湿地公园欢迎您 /151

散步江边 /152

壮锦同色 /153

山歌诗信仰 /154

明天之二 /155

第四辑　茶有独钟

茶有独钟 /159

皆大欢喜 /161

元旦献给新春 /162

思辨录 /163

梧桐树下的小君 /164

石歌 /166

时间啊，你慢慢走 /168

发现 /170

兴叹人生的夏师弟 /171

九月夜色里 /172

吵吵诗群 /173

一滴普洱茶水掉落的刹那 /174

茶与禅 /175

茶馆的午后时光 /176

父子论茶 /178

第一次从河池去北海看海 /180

六堡茶 /181

壮家文化大发展 /182

丢手绢 /184

骑竹马 /186

跳绳 /187

打弹珠 /188

丢沙包 /190

跳皮筋 /191

跳房子 /192

翻花绳 /193

踢毽子 /195

推铁环 /196

放风筝 /197

大师姐 /198

谷雨仙子 /199

壮族"三月三"畅想 /201

古老与现代对接——壮家图腾篇 /203

致《雨嫣文学》创刊号 /205

雨嫣仙子 /207

桨声灯影入江水 /209

要风得风，要雨得雨 /210

元宵节 /212

草木皆兵 /213

壮家黎明山谷 /215

第五辑　剧中人

剧中人之一 /219

献给师傅北北 /220

剧中人之二 /222

九月，你我 /224

诗友九月 /225

时光里的温柔角落 /227

舟孕 /229

英雄故事 /230

秋之幻象 /231

柿子树下 /232

晨曦之匙 /233

素影 /234

端午帖 /236

几度春秋盼望 /237

霜降 /238

鞋 /239

无题 /240

还有小朋友，光脚痛哭 /241

阿勒泰，北境之恋 /242

爵士雨隙中的黄昏折叠 /243

诗缘启示录 /244

红飘带 /245

隧中影 /246

陌上归来 /248

春天里的马鞍山 /249

春天，看瑶妹直播 /251

目光 /253

春梦醒来 /254

含苞季 /255

古战场游记 /256

月之触角 /257

黄锦鳞 /259

行走 /261

赶路人 /262

西瓜 /264

变脸 /265

压缩 /266

安葬小蜜蜂 /267

文艺一辈子 /268

后记 /271

第一辑

红酒

烟雨漓江

从天而降几只竹筏
如几道，不，是几缕
掠过额际的光影
鸬鹚嬉笑着追逐水中鱼
薄雾托起飘流的远山
多少只眼睛盯着，盯着
伸长的脖子。咽下去
在白茫茫的背后
有没有？有没有桃花源

红酒

喝下朝霞自己的血

喝下薄雾的温柔

喝下陈年的醇厚

鱼也喝一口

在醉里游，脸粉色了

花也喝一口

跳舞招手，羞躲叶后

我也神游回到

科乐克康萨城堡

和诗仙月下同酌

碇步桥之一

一条河被过路的云擦亮
透过栅栏，透过一排被分开的风
与世间的空寂凝视
一只雄鹰盘旋，它的翅膀
写下一个个问号

本身是冰雪，不一定与河水同行
本身是石头，来不及向远方问路

向暮晚致敬，泥沙莫名悲喜
一个心生明月的人
在月光中生出枝蔓

胡杨

大地沧桑。朽木在回忆千年之前的事
谁的手臂伸进天空？
作为背景，它不会被遗忘。作为影子
它救过风尘仆仆的旅人

沙海里，几粒海的种子
遇到几滴水，便开始跳舞
戈壁滩上，有一枚下弦月的印章

风沙为我洗面。一把琴
挂在我的身上，弹奏一曲浴火之歌

东兰曲

山扎根于大地，默默无语
走路的石头，没有慌张
每一棵芬芳的树都直视前方
乘坐船上
昨夜风抱雨，电闪雷鸣
你安静地睡了，什么都不知吗

灵芝

千年不识灵芝

一个望断东兰的精灵

献出所有，化作粉末

给父亲续来的命

一切都在于平衡

对症更要阴阳呼应

万生的平衡

阳光的粉末跑到父亲身上了

小说

晨跑的目光穿透了时间
宠物狗穿越了时间
两条线汇合
又回到了——我的原生地
老屋的灯盏，冒着火星
纸无比锋利
笔的锋利过于纸
遇见善良的人，装上火眼
遇见邪恶的人，用笔刺穿
遇见伪善的人，用纸划破

翻找有趣的灵魂

会走路的山

找寻走失的灵魂

会唱歌的云

找寻有趣的灵魂

地龙遁土游

找寻飞走的灵魂

江河东流入海

找寻秋游的灵魂

天宽海阔布拉格众多

哈姆雷特项圈中的灵魂

回到春秋战国秦汉

晋南北隋唐宋元明清

翻找我隐秘的一个个有生的灵魂

忆职高

让我颤抖的弦乐，那梅娘

遮掩浅浅的记忆

把卜海的水传递向每一颗心

梦回东兰硬土

我试图着笔

像没穿衣服的婴儿，我们

用少年的手指贴起壁画

雨中的飞鸟

玉臂搅动

向着父辈的山林呼喊，向未来的神

呼喊（生活啊，我是爱你的）

职高，是我们的反义词

生与死，都是课堂中的小草

东兰

甲壳虫找朋友

排队

斗牛

芭蕉扇

公主，扇在手
芭蕉香风
扇当年

清明

4月5日与神灵

一起回来

哀思燃烧

一张张

揭开过往

香炉

——述说

何为人生

心有一份灿烂
凝结成七彩石
顿悟闭合之圈
通透深处流年
幸福也会燃烧
鸟一次次放飞

象棋

纵横无忌
规矩不守
观而不语
一盘可清

吹风筒

吹烦恼，忧愁乘风
听，你的笑声

东兰有诗

力透绿水

青山

海洋

蓝天

力透诗背

心握地图一张

心为导航

用无人机看

云之魂，诗和鬼

你看不见

手机另一端

求鱼于木缘

一条弧线

转弯

伸向唐宋……

伸向李白杜甫……

伸向象牙塔……

伸向所罗门王的智慧……

一朵莲花

沾血

而归

悼亡友

半地半天半阴阳
一撇一捺一纸伞
半忘半黄半陌上
一人一坟一支香
空间不阻断
思念
相望不相忘

雪种

冬日
学会了，下种
种下雪
待来年开花
结果

风、云如雪，是多彩的
土地与农人
自有选择

雪呀，可以蒸煮、呼喝……
可以吞咽、消化、融合……
可以歌唱，可以飞升、降落
装进盒子里……
可以无限、也有限，无法、也有法

放眼群山……

雪种下，为桥
过河的桥
过命的桥

红水河，三月三

一条红飘带亲吻我的眼睛
万曲红山歌亲吻我的耳朵

众乡亲啊，燃烧童话游走
众乡亲啊，洗涤油画船头

婆娑森林悄悄地升在傍晚
烟雾的舞蹈，捶打的火焰

放射出灿烂而殷切的光芒
漫山遍野回荡飘忽的鸣响

生命如温暖的手让水欢笑
岁月拨弄牛弦琴不再空渺

声音

空中那颗跳舞的心
是那样难以抑制
在某一天的早晨
我打开了身体开关
听到桃花的声音
听到蝴蝶的声音
听到大地的声音
听到山河的声音

空中那颗跳舞的心
是那样难以控制
在某一天的早晨
我打开了身体开关
听到佛的声音
听到仙的声音

听到神的声音
听到圣的声音

目光回到往下一点
原来是岁月传达你的声音

城

马鞍

遗落多年

风雨洗面

洗鞍山

父亲

小时候
看你如山
长大了
看你如海洋
如今，在病床上
你心宽如春天

童话

一朵白云，收入眼底
在城堡，顾城，飞起
一条弧线

瞌睡虫

水田稻香蛙鸣聚
坡上玉米长胡须
萤火虫，东一闪
西一闪，同时都闪起
阵阵闪闪随心飘
众虫唱起狂欢曲
院里儿童躲猫猫
红月出来了
树影下
坐着摇摇椅
看着嫦娥月兔笑
瞌睡虫穿进了我的梦
这是不是你想要的田园生活
多年以前我们已经在老家享受过

一碗螺蛳粉

红船，火种
唤醒腾飞的巨龙
流出的烈焰
拥有太阳的烈性
英雄的精神诞生

我是一个招待所的服务员
首长窗口的灯光
还一直亮着
我什么时候送上一碗
给他充饥的螺蛳粉

地铁站里的黄昏独白

在城市的脉络深处
地铁站，藏着一抹晚霞
涌动的人流，各自揣着故事
交错在广告灯箱的幻彩中

硬币入闸，唤醒沉睡的旋律
机车呼啸，如同时光的疾行者
一站又一站，编织成生活经纬
每一声报站都是平凡日常的章节

窗上映出疲惫与期待交织的脸庞
有人捧书细读，有人凝视远方
岁月在车厢内悄然流转
琐碎与伟大，在这里交汇互融

窗外掠过万家灯火

每个窗口，都有各自的悲欢离合

而我们，皆是这交响曲中的一个音符

在这黄昏中低吟浅唱

文学生活印记

在时光砂轮上磨砺笔尖
描绘出，倒置的金字塔
蜗牛背着它的宇宙，在电线间漫步
每一圈螺纹都是星河的旋律

城市的脉络在街灯下编织成网
捕获，星星落下的梦
地铁站台的风
穿越时空的隧道
带走等待兑现的诺言和青春

瓦砾堆中长出的蘑菇
在倾听城市的心跳
广告牌上的唇印
流着血色

诉说着人间的烟火

当午夜的钢琴，奏响月光曲
失眠的鸟儿，都是一首
飞行的诗，在梦境与现实的交界处
翩翩起舞，唤醒沉睡的
岁月

冰冰魔法师

一顶，白色魔法帽
装满了整个冬天
每当她，摇头晃脑
雪花，雪花
纷纷扬扬地飘落
让整个世界
变得白茫茫

双手，是两根魔法棒
一挥，无数树木树枝亮晶晶
划出圆弧，画出一个大火锅
锅里煮一个个月牙似的饺子

观雪

一张悄然无声蚕丝被
迎接纷纷绒花飞

舞动映窗辉
呼啸吹银树

漫步融入泥土，看
一个个心境，自由自在

乡恋

风中的叶笛，在故乡
寂寞的，断断续续的清泪
让荆棘变成玫瑰，凝成
浓郁的清香。在山野上
写下隽秀的希望

一枝无声的花蕾如爱情走过某种悲伤
手掌滴落的，蜿蜒而下
我为你抹去最后的眷恋
在山外的山上，薄雾湿了衣衫

狂野

肋骨的天空裸露

群山无边

抬不起

一缕一缕

孤烟

仙童们与绿叶

昨日的行军

哑炮

都在世间上演

这一窝蚂蚁

占领了

我的一天观战

清晨

鸟鸣，打开窗户让新鲜

空气中弥漫着一种喜欢

每个平凡的日子都值得

轮回，向着无缺口的明天

生活如蚂蚁，勤劳而沉默

在时光里兜转寻觅着完美

每个日出和日落有个期许

在梦想的田野

种下希望的种子

岁月有情，抛开了冬寒

而心中的暖意，如春日阳光

剪除掉多余的忧虑

只为明天坚强

剩下的冷酷与疼痛，留给了昨天

那一清晨，是如此的喧嚣

却在寂静中

找到了自己

呼出一口清新，欢快

苍白的沉默

在这疯狂五寸长度屏幕里
我展开了我冒险之旅
眼中闪烁着星辰光芒
像一只萤火虫在黑夜中飞舞
我的梦想像野马般狂奔
穿越时空的障碍，冲破万物的束缚
像一只猫狗在森林中称王
圈地盘，无限圈地盘
最后，我的梦想终于成真
像一只凤凰在烈火中重生

像林下夕阳，鸡看星星
手摸冰凉铁窗寒
如今手握流年沙漏
一粒粒滑落
只留下苍白的沉默

一杯绿茶

一杯温暖的茶

在接受

所有的清读

内心的翻江倒海

从滔滔不绝

变得平淡起来

绿茶

从山坡走进茶杯

看不到它来时的脚印

却能感受到它一生的清苦

溢润别人

成就自己

神仙山

车开在云上
环绕，不知道多少圈

孩子们：七十二圈
爱人：三十六圈
我：十八圈

眼前，一条山谷沟
摁进朦胧里

隐约，车到山腰停车场
只有踏云悠悠拾级攀爬

幻想

以前的寓言，讲着
驴子，鸡子，狐狸
有着一股故事味儿

后来的寓言，讲着
钻石来了，公主走了
有着一股浪漫味儿

现在的寓言，讲着
APP，Wi-Fi，5G
有着一股科技味儿

不管时代如何变迁
每一个人都领着一座奇幻山
逃不出同一个想象范围

孙悟空也逃不出奇幻山
他比我们多了
压在五行山下五百年

谁都有一颗会做梦的种子
心向未来，心存敬畏
再大的山也能扛得起

邮筒：时代的时空奔跑者

在崩溃的边缘
我手中的邮筒
如同一座岌岌可危的城堡
摇摇欲坠，却仍然坚定

那封信
就像一只小小的船
航行在荒芜的海洋中
寻找着我的港口

我凝视着邮筒的深渊
里面充满了未知和迷雾
一封封信件
如同萤火虫般闪烁

明天之一

我将返老还童
当一回周伯通
去听童年，童年的蟋蟀声
去听海浪，海浪的波涛声
去听山风，山风的呼啸声
去听世间，世间的蚂蚁声

石头这么多。明天？明天在哪儿？
一切都是浮云。假的
如果没有今天的铺垫
所有的明天给你也只是空中楼阁

红酒之桥

村落晨雾缭绕

未醒黎明

等待着一声呼唤

古石桥畔

流淌着月光的残梦

稻田里

编织着金色的诗篇

红酒

缓缓展露温暖

那原始的节拍

竹楼窗外

透出孩子们的欢笑

如同清晨之光

驱散了

夜的寂静

在这里
时间
红酒香甜
融化在故事中
每滴露珠中
静待鸡鸣解读

晨雾缓缓拉开
透过一滴红酒
通往未知星空
隐约看见神秘通道

第二辑

小 簏

心道

漫漫碎云
铺向天边，路
这是梦之光
踏上征途
慢慢升起模样
那是永恒，佛

春夜东兰

香风吻面，带着花的体温
桃花窗台上，月光轻抚
世界在窗外，温柔与新生交织

深夜，梦醒时分
我轻声自语，春的气息已浓
窗外，桃花在夜色中轻轻摇曳

微暖的夜，我漫步江边
我是一朵桃花，轻轻飘下，如获至宝
飘到江心，绽放着春的希望

我的阿勒泰

在阿勒泰的蔚蓝天际下
有人，携带着树林的低语
在时间的耳畔轻声诉说

此刻的草原上，一匹孤独的马
疾驰而过
追赶着夕阳的影子

一位老人，转身走进小屋
炊烟在屋顶袅袅升起
一个放牧人远远地朝这边赶来了
他带着
昨天才下的小马驹

壮乡传说

我的阿爸，是那山间最坚毅的竹
而溪边浣衣的阿妈
依旧笑靥如花

他们相遇
他们，心中都藏起
一枚铜钱
并敲打出

一个部落的传说：那回响
攀附着时间的枝丫
在苍茫中
越发郁郁葱葱

邀你壮乡共赴一场桃花梦

桃花源的幻想
被一线狭窄劈了开去
又在
黄昏时分，从我漫步中来

在碧透的稻田旁
取下一节竹筒，让旋律穿过夕阳下的蔗林

风轻轻吹动着，远处的袅袅炊烟
散入一片桃林

凌晨观球

茶观看

鱼观战

二十二人

抢一个蛋

八眼不停

杯不停

茶不停

抱歉，茶

溜出来了

脚不停

葡萄不停

战车不停

牙咬战车

崩了四颗

车坏两辆

牛年马月

猪日二点

多少事

嵌入墙上

烟消云散

美梦一场

又是崭新一天

小箴

蓝蓝的天空，深不可测
昨天的白云，是谁
用吸尘器吸走了，没留
连一丝丝风也没有留
家周围的竹林弯腰低头
静静思索，一动也不动
知了拉着那长长的音调
知道了——知道了——
也不知道有没有疲倦
几只鸟儿久不久，啾啾啾——
是不是在四十多摄氏度空气里
望梅止渴，想着秋天
奔腾的河水静止了
下一秒会不会蒸发了
任何难不倒人类

没有风，制造风

电风扇，摇着头

轻轻吹，小老虎，在午睡

闹钟响，时间到，上学校

伸懒腰，不起来，拍屁股

虎眼瞪，原来啊

老虎屁股拍不得

道歉，道歉了

快快起床，迟到就麻烦了

瓜

取冬瓜煮汤

甜甜是西瓜

南方有南瓜

你叫我，傻瓜

那是红豆的表达

哈密瓜

炒诗瓜

尚有——种瓜黄台下

瓜熟子离离

东兰

天，蓝蓝
兰花儿开
地，蓝蓝
拿花儿闻
东，蓝蓝
兰花障目
西，蓝蓝
不见泰山
海，蓝蓝
两耳塞棉
登顶珠峰
世皆兰兰

花海兰兰
心随灯飞

兰香幽幽
移前一看
兰花包围
花心花蕊
坐一小人
悄悄地说
他不是人
他是君子

愿望

种下钢筋，种下水泥

拔地而起，种下自己

千万间，广厦，耳大

杜圣大喜

愿景升级

月亮有嫦娥

火星基地

剩下你我

为蚂蚁引路

筑互联平台

蜘蛛帮衬

牵线搭桥

数字货币，金元铺道

摇钱如牛毛

收藏家家户户

引良禽羡慕，纷飞而择木

绿了生命树，红了犇鑫屋

辛丑立夏

老黄牛

推开

立夏的窗口

蝼蝈入耳

地龙露头

王瓜踩墙

唐宋微风

梯田佛光

雄鹰舞天

暮春手中

红瘦祈求

冰来消愁

几分缘分

几斤好运

秤姑娘者

大忙人矣

小小朋友

斗虫斗蛋

戏了虎王

机手闲暇

立夏经云

调息凉静

如雪在心

近视眼

点点星光，星光点点
天即是我
我即是天
享受黑暗无边，停电
好奇，摸到前院
有人在抽烟
老表啊
抽烟不好
肺在冒火，燃烧

挣扎

烈日下
马路上
一只地龙挣扎
无谓的挣扎
下一秒
成了饵
以命补龙

客人

夏，热风客敲日
爱捣蛋的你
翻我门后的书卷
远方，是你的香囊
诗歌走了

草堂回到浣花溪

悼袁公千古

天上的云哭了
地上的稻花哭了
田野的青蛙哭了
神州大地哭了
泪水落化作金色种子
送别鲐背一岁九〇后
驾鹤西去仙游
极乐世界无须饮食
您可以歇息歇息了
想这片神奇土地的时候
记得常常回来看看
熟悉的田间地头、海边走走
在高大的稻禾下乘凉
欣赏蓝蓝海波长成绿绿稻香

抽陀螺

旋转，旋转着童年的午后
阳光拉长了影子的温柔
绳子舞动，风的玩笑
在老槐树下，碰撞轻巧

彩色的圆舞，不言疲倦
笑声洒满，比糖还甜

夕阳下的小骑士
斗篷是那金黄的光粒

手已长大，却忘了停留
转着梦，转着纯真的歌谣

高高的月亮里会见一朵云

喂养夜行的猫头鹰
在低矮屋檐下，拾起影子

日子，两座对立的山峰
孤单，却又遥相呼应

一座是晨曦，一座是暮霭
静观，吞噬我的影子

你在蟾宫顶端
点亮一盏灯

让一抹流光碎片
为你编织银线的梦境

山川湖海，人间烟火
都在我行囊中流转

壮画

街道上
羽毛、月光
脚步轻盈
如同醉酒的舞者，在夜色中摇曳

夜色如墨
他的眼眸闪烁着星辰的光芒
每一滴酒都化作灵感的火花
在熊熊燃烧

院子里
石锁静静地磨着墨
那声音如同远古的歌谣
在静谧的夜晚回荡
唤醒了

内心的狂野

他拿起笔
每一笔都像是与命运搏斗的剑
墨迹在纸上肆意流淌
如同山涧的溪流，自由而奔放

画中的松树
在寒风中傲立
如同壮族的山歌
诉说着岁月的沧桑

她站在一旁
眼神中带着一丝哀伤
她的身影在月光下
如同柔弱的柳絮

她递上酒
眼中充满了敬畏
她知道，眼前的这个人
是一只飞翔在艺术天空的鹰

探寻

在时光织机上
壮族图腾
如每一行诗句
都是跨越千年的回声
是心灵与壮乡
山水对话

晨曦微光
壮族歌谣轻轻响起
稻田绿波中
藏着古老秘密
山间云雾缭绕
似是祖先的呼吸
在石阶古道上
踏着历史的痕迹

沿着蜿蜒小溪

寻找失落记忆

石头上苔藓

记录着故事

竹林深处

讲述远古传说

龙与凤的神话

在风中轻轻飘荡

月光下，篝火旁

围坐着梦想

星辰

如同壮族眼睛

见证着变迁

用壮语吟唱歌谣

穿越时空界限

激荡起共鸣的涟漪

想象是

一只飞翔于云端的鸟儿

俯瞰这片土地

从古至今

都有其独特的光芒
照亮壮家文化明珠

壮锦上的图案
走出十万大山

大山之歌

山歌
回荡在山谷之间

铜鼓
敲响了岁月的鼓点

织锦
织就每一缕丝线

舞蹈
律动每一个动作

五色糯米饭
春的味道

美食
那是大地的恩赐

建筑
那是智慧的结晶

语言
那是文化的传承

古韵今风织梦幻
露珠轻吻翠羽翎

龙脊梯田
云海间舞动琴弦

歌圩
情感的盛宴

绣球抛来
不只是少女的情窦

红衣婴儿
背带中哼摇篮曲

千万座山活了

山歌缠绕在月亮上

铜鼓缘

落叶在空中缓缓盘旋
像是思绪在空中徘徊
每一片叶子都是一段历史
每一片叶子都刻入铜鼓中

一只花猫蜷缩在铜鼓阴影里
却显得异常醒目
仿佛是静止中的舞者
风翻动着古籍，却无声无息
而铜鼓的震动
则如雷鸣般震撼人心

篝火边，阿妈轻摇竹椅
木炭的火苗，跳动着生活的温度
而铜鼓的敲击
像是召唤过往与未来的桥梁

梧桐树下的时光

梧桐树下，两个影子
斑驳陆离，如同旧唱片上的旋律
与飘过的风，与轻盈的脚步
驻足一片叶子，一起跳舞

雨后的夜晚，空气湿润而清新
树影婆娑，像是夜色中静谧的诗篇
偶尔几声虫鸣，点缀着宁静
点缀石凳下几只蚂蚁匆匆

点缀枝丫间藏着儿时的秘密
点缀她与年轮酿成一树洞蜂蜜

桃花记

老屋旁，桃树慢慢举起
一个个孩子

树下，孩童追逐嬉戏
笑声敲碎晨露
偶一抬头，只见桃花如云
似乎触手可及，却又遥不可及

风中，飘落的花瓣
偶尔捡起一片
夹在书页之间
多年后翻开，它变成了我，我变成了它

孤独的观察者

在灯火阑珊的夜晚
城市的巨大轮廓像极了一艘静止的船
摩天大楼是桅杆
街灯是闪烁的波点
我在这条光的河流里漂泊
寻找一棵可以泊靠的树

城市的公园里
一棵树孤零零地站在那里
它的叶子
似乎在诉说着什么
我静静地听
却只听到风声——
一个孤独的观察者的叹息

寻觅翠羽桥的诗意栖息

在城市的肺腑，一座桥
架设在孤独与孤独之间
行人匆匆，车水马龙
每个面孔都是无名的星图

桥下河水静静流淌
反射着天空未愈的伤
一只鸽子振翅降落
仿佛云朵赐予的温柔

我在桥上，任风解读
我的沉默，听时间低诉
它的密语，关于远方的梦
和那些未曾启齿的愁

这不是抵达，也不是离别
只是一段旅途的停顿
我在等待，一场未知的雨
洗净尘埃，让心事绿意盎然

桥的这一端连着过去
那一端，是未来的彼岸
而我，是这座桥上
游走的诗句，寻觅故事的碎片

一支红色山歌唱燃红水河

秋风滑过月光带夜露浸润田野
丹桂芬芳飘洒在壮乡
一支山歌火焰跃动在红水河上
我欲借这歌声，穿越夜幕，抵达朝霞

阿哥的吉他，拨动晨曦的露珠
阿妹的裙摆，在稻浪中旋转
如同古老的信札，穿越千年
只为在今日，献上最真挚的祝愿

竹林里的风，讲述着岁月的故事
红水河畔的灯火，点亮了夜晚
我们在这片土地上，种下希望
等待着，每一个黎明的温柔唤醒

让歌声跨越山川河流
让喜悦洒满每一寸土地

山歌里的祝福，随风飘扬
如同红绸带，缠绕在每一颗心上
在这举国欢腾的时刻
我们共饮一杯繁荣昌盛

有朋自远方来之一

不敲门的风带来口哨的歌
以叶为茶喝一杯露珠的晨
以光为墨于天空书写流云

烟火
是萤火虫串起今夜的灯火
在月光下，日子骑着落叶缓缓到来

时光
踏着蜗牛的步伐
于藤蔓的时钟里优雅地攀爬
而你，立于画框之外，一笑倾城

木棉花，英雄花

在壮乡的长卷里
木棉花不仅仅是花
它是当年红七军
路上不变的灯塔
是灵魂深处的图腾
引领着壮家人穿越四季
跨越千山万水
找到那条回家的路
那里有母亲的笑脸
和永不熄灭的灶火

漓江情

在那铜鼓回响，绣球纷飞的壮乡
稻穗轻摇，与云影共舞，自由之风悠扬
山间晨雾，似龙袍轻抚群峦，神秘而旷远
我以马良之笔，绘你梦中异彩，情深意长

翠竹依依，月下轻吟，壮锦斑斓映星辰
不言离愁，只道是青山隐隐水迢迢
爱恋如那漓江水，蜿蜒曲折，终归大海广袤
春来秋去，花开花谢，情意绵绵无绝期

漓江恋

紫藤缠绕古老的铜鼓，岁月悠悠，故事绵长
爱，是那不息的歌，穿越千年风雨
梦回大唐，我以酒洒天地，邀月共醉一场
在每一朵壮锦的经纬间，静静绽放

西南风起，稻香四溢，携带着远古的呢喃

远山的呼唤

远方
一座山像壮族老人坐在田埂上
二座山像壮族老人坐在田埂上
三座山像壮族老人坐在田埂上

今天
一座山峦像壮锦一样铺展开来
二座山峦像壮锦一样铺展开来
三座山峦像壮锦一样铺展开来

我想去山顶呢
想坐在那片柔软如壮族少女织出的云锦上
融入天地间壮族山歌的旋律
沉浸于稻田边轻风的细语中
置身于没有都市喧嚣的宁静世界
沉醉于鸟鸣、虫鸣与大山的呼吸声中……

有朋自远方来之二

木鼓声声敲打黎明
歌圩里寻找遗落的韵脚
竹筏轻摇向未知探索
山歌嘹亮唤起心中火

山歌飘过石板小径
飘过白云深处有方向
阿妈的糯米饭香四溢
阿爸的竹笛唤醒了山冈

梯田上追逐落日余晖
在红水河畔倒映着希望
蓝靛染蓝了天边衣裳
铜鼓声中藏着古老信仰

以歌传情螺蛳姑娘家乡
坐看云起时分风雨交替
似那攀岩者临绝境
心中微澜如梯田波光

一条红水河鱼

故人是否还在那河湾
垂钓，回忆都值得追忆
在潺潺流水里寻找曾经
接近最温暖旧时光
鸟鸣正好用来唤醒
滴滴清泉意犹未尽
品味河水心悟岁月情
钻入石缝可避风浪
你嬉戏时会很自在
看到河底的卵石
拥有抚慰心灵的力量
请相信波纹回响

东兰行

人脸识别打开走进去了
神仙山、第一湾
一位道士、一串脚印

雨

有人，在哭泣撕裂
在久违中
垂落

于是
他跨过山涧、梯田、密林
试图让
每片叶子重新闪耀

我记得
那些滴答声，那些吟唱
——似乎是某一时刻的脉搏

突然在梦境里跳动

映出

几朵被遗忘的涟漪

醉美壮乡

手掌的根系
连起田垄的心脉
耳挂崖上
鸟语

壮家人的天空
是一面铜鼓
山歌叩开
春天的大门
眼洞开，血管
鼓动直达高速
在十万大山之间
列宁岩的路标
穿行过往
五色米饭揉捏武装的族人

远方、峰起，畅饮

酱香

盖不住篝火

阿妹妹生了

烛龙凤凰

乡村小河

远看一只鹅
近看一只鸭
我要请你看看
像个寓言故事
无边的隐痛
了解我的喜怒哀乐

感觉到河道空空
那静谧的早晨
某个诗人醉酒
仿佛是挤出的甜汁
被大雨淋过的腰肢
河从岸边光秃秃的枝丫上

烈日下不必要的挣脱

恬静曾在那里

生命在游动

穿行于春夏秋冬

不需任何人的帮助

每一天都在罪孽深重中翻过身来

玉米地

在相思湖底
采撷红豆
长成玉米
长成一桥风雨

一片树叶的涅槃

旧时从森林带回一片叶子
当书签用

我翻了多少书
树叶也翻了多少书

有一天
误把树叶和茶叶一起
泡茶
喝了

很是怀念森林
看到树丫挂两条白色的
打结鞋带

从此以后

再也找不到，树叶

第三辑　壮家乐

情人

星，划过夜空
彩蝶的
早晨
找到它的
草

石头入坟

新编故事很长

从前有座山
山里有个村
还有一座庙
（我们都是村中人）
庙里有三个和尚
三个和尚都讲
同样的故事
…………

忽然，有一天
一个和尚讲错了
我们都从故事里出来
于是，就有了我们的现在

114

同学小矿

鸟儿小矿飞翔
没有翅膀
一会儿山顶，一会儿瀑布上
一会儿云上，一会儿过江

在自由空间冲浪
魔鬼害怕他戴面具的模样

门

口含金钥匙
等待有缘人

他是隐形的

风向标

高山流诗，势如破竹
天空
像一块钢铁板一样
银光闪闪
凝聚在太阳周围
所有的蜜蜂采蜜回巢
吹着春的温暖
平台搭建
生活过得比蜜甜

二十六楼顶天台上

辛丑年冬至前一天
在广西，山清水秀、刺眼的
城市一角。生死相扯、云岛抖动
摆动的天平，左右不定
哭泣的石头，陷入黑暗之海
黑暗中的黑暗，无边无际
留存最后一丝光亮即将抽走
绝望的时候，碎石呼唤石头
温婉穿过唇边，拉回了生的希望
那是铺路的碎石，带着母爱馨香
没有什么比眼前的画面更动我心
目光洒向无限，只有命运的交响

碇步桥之二

一条河
被人世慈悲的空寂盛放

一只雄鹰
在布满冰雪的河面
飞跃而过

与河水同行，泥沙莫名荒诞
许久之后，另一个悲欢自渡的人
屈从了召唤而
心生明月

归园田居

炊烟袅袅升起

燕子轻盈地归巢

田野清香四溢

草木结满露珠

湿漉漉地闪着亮光

静听蛙鸣声声

山风轻轻吹过

夕阳横卧在山顶

暗影越来越长

漫步在田埂上

思绪如同流水

自由自在游荡

这里有大自然无尽的宝藏

灵魂，搁浅在
这片田园风光

牧歌婉转在山间
牛羊驮着暮色归来
童年是一只遥远的风筝
一头系着天边
一头系着诗行

我的名字叫落日或者荒草

如同梵高笔下向日葵燃烧
或是荒原上最后的呢喃

栖息于古老石碑缝隙
字句间流淌着枯荣记忆
在黄昏的余晖里，我是那抹
映照着古老城堡沉默的轮廓

从李白的瀑布到杜甫的天空
我的名字跳跃在每一行诗句

只有阿凡提知道我用假名字
请你猜猜我的真名字
假名字上假名字最大
辛丑年潜龙月丙申日在广州发芽

壮舟

在那不为人知家乡深处
竹筏轻摇
载着古老故事
一叶扁舟
穿梭于十万大山缝隙
载着一位老人
和他的梦

眼睛里藏着一对铜鼓
还有手中桨
不简单的桨
那是通往另一个世界的钥匙

歌风吹过
带起涟漪无数

一纶茧丝，一轻钩
垂钓着过往云烟
舟行水面，如梦境般游离
在现实与虚幻间

禅心小屋，一念花开

经书写着古老文字
长凳上入迷

每一张席子都藏着故事
在心中轻轻敲击

柱子
挂着一串串熟透的柿子

一缕轻烟从灶台升起
缭绕着古瓶上的鹰翎扇

蝉声悠扬
回荡在空灵山谷

水乡晨韵

九曲江在晨曦那温柔初吻中
一对母女手挽手，步伐一致
跨过那座桥，时光在此徘徊
水中倒影个个舞姿翩跹

母亲提着篮子，盛满春天的色彩
小女儿在石上，练习着轻盈的芭蕾
简单生活包裹着乐趣，笑声充盈
生命之歌，未经编排，纯净而罕见

一座古老宅邸守护着岁月低语
屋檐披挂苔藓，讲述着古老故事
炉火升起袅袅炊烟
唤醒沉睡的村庄，新的一天苏醒

桥畔老柳，智者般静默
鱼儿在溪水中嬉戏，无忧无虑
时光在此放缓脚步，烦恼随风消散
在这片净土，宁静悄悄统治着每一天

乡音

一行清音

自故乡飘来：老黄牛，麦苗

屋顶上飘动的炊烟

这古朴的旋律

触动了，内心深处的甜

此时，母亲在门前，唤我

而阳光洒下

此时，风轻轻吟唱着

一只归雁急切地掠过了

千山万水

新岁绘春意

手中的锅铲，与嘴角上扬
恰好，是同一弧度
而火焰跳动着
冬日的暖意洋溢在厨房的
香气里：红烧肉，鱼汤，豆腐……
时序流转，流水不息
我们围坐
我们举杯祝福，而后一起
迈向阳光明媚的春日

在那山歌流淌的地方

晨曦微光走向壮乡
一些灵魂因月色拥抱
轻轻,藏匿于铜鼓
爱情,无形的织女
红绳可系,自由穿梭于稻田
将爱的汗水,酿成甘醇

绣球轻抛
心境如山间清泉
火花跃动
照亮了黑如夜空的木棍
它共鸣
化作了山歌悠扬

夏蝉

如同断弦的马骨胡
依旧
能奏响生命乐章

不为唤醒沉睡的山峦
只为
那在稻田边轻舞的女子
她名唤夏蝉
歌声比烈阳更加炽热
在绿叶脉络间
编织着不为人知的梦
编织着人人知了的梦

木棉盛开杜鹃红

犹如壮乡勇士身披烈焰

披橙红战甲

头饰上镶满阳光火种

任春雷一响，便舞动不息

若篝火目光触及灵魂

情歌奏响山间最幽远

溜达牛角杯，斟满月光

若你轻轻走过那木棉杜鹃道

火红的花瓣

或许会轻抚你的发梢

铜鼓的低语

铜鼓沉睡千年
穿越夜空响彻了静谧
梦唤醒了群山

那音，在壮岭深处回荡
在红水河畔飘扬
在神仙山巅
悠悠响起
竟能于月光下重逢

与我一般渴望诉说
月升之时，仍能深情一曲
在寂静中激荡心湖

壮家乐

稻田里有一位旺将军
指挥千军万马，其实是稻草人和蛙
正得意忘形时，却被一只老猫偷了家

猜猜我是谁

我来自火星，我有九条命

今天，误入桃花潭
我要抽干潭水
复活汪伦

回响

我是你梦里轻旋的风铃
跨上那匹银鬃鹿
拥有一册翠绿歌谣
让风的旋律温柔引领你
那姿态，如同星河洒落人间
或许，你正是月光轻吻的露珠
古树下，悬挂着一串铜铃
回响着山间轻盈的歌与笑

山那边，云雾里

山那边，云雾里
藏着一个神秘的地方

有时候，阳光洒在山上
云雾散去，露出翠绿的森林

有时候，雨滴落在山上
云雾弥漫，整个山谷都笼罩其中

我想去山那边看看
那里到底有什么神奇的东西

我爬上山顶，向远处眺望
只见云雾缭绕，什么也看不清

我感受到了风吹来阵阵香
喝了鸟儿歌唱
尝到了花朵芬芳

我知道，山那边，云雾里
有一个美好的世界，等待我去探索

这一天，来了旅游团
有一个名字叫顾城眼睛的游客

他说，十万山中，仙人居住的地方
一句话落，诞生回响，回响……

背影

背影，是我心湖上温暖的倒影
灵魂似凤凰涅槃般翱翔
东岭朝霞，映红了半边天
山间浮动着醇厚的茶香
浸润了我所有时光
在天空那抹最深邃的蓝下
翻阅记忆书简
在时光画布上轻轻勾勒
让我们的故事，在此重逢

爷爷送我出山那一刻
他似那邙莱之巅屹立的岩石
目光紧随我渐行渐远

壮锦梦

在壮乡梯田间，稻香四溢
图腾陌生而熟悉
讲述着古老的智慧
山泉细语，是大自然最纯粹的诗篇

在这片丰饶的红土地上
色彩，绘出新图景
让每一颗心
都如天使般自由飞翔

那抹壮族织锦上那么鲜艳
像一位舞动的精灵，将我唤醒
在梦的边际，遇见信使
它携带云端花瓣
只为向你倾诉衷肠
心随雄鹰展翅，翱翔天际

铜鼓

紫红幕下拉开一片无垠

星星没有名字

彻云霄如织网的蜘蛛

细腻又孤勇

你遗落的纸鹤

穿越云烟四季

辽远的回响中

我仍是那追风的少年

让金叶在时间的罅隙轻舞

河流不息向前延展

壮山歌

兰花轻吟于雾谷

我溯溪而上

踏遍千山

阳光如瀑布倾洒

温柔如恋人的低语

缠绵悱恻

枫林炽热如火

燃尽冬日的寂静

你的香气

穿越时空的枷锁

仿若初见

灵魂早已熟识千年

少数民族梦之一

在一粒米的宽度里种梦
一头独行的鹿，踏过岁月密林
携一首蓝靛色歌谣
再次与风相遇

在月光的余晖中，捕捉到
那如铜鼓回响绝唱
照亮了
千千万万个晨昏更替
山岚间，弥漫着糯米酒的甘醇
山歌倾泻，温暖了每一寸忧伤

少数民族梦之二

山歌的尾音里藏着疲倦

静静倾听

家乡的木棉花，初绽笑颜

随着风的节奏轻轻摇摆

情感的缆绳

深深嵌入灵魂的港湾

湿润的泥土

裸露着生命的原始

无须悲伤

寒冰已在热血中消融

让河流继续它的旅行，旅行

直到梦的尽头，直到梦的开始

东兰的六月天欢迎你

少女旋转着裙摆

歌声如露珠轻盈

需阳光

还需那晨曦的露水

当你沉醉于过往风花雪月的篇章

我已悄无声息

入驻你的心房

歌声锋利

切割着远方的轮廓

我们共同走向

繁花似锦的六月天

南国，暴雨的午后

别有一番风味

壮乡大地的一天

遇见他，是风穿越古窗的轻叩
流水清澈，洗净尘埃
晚风轻拂，白鹭掠过水面
温柔，触达我唇边，化作信笺一封
雾气围拢，将我们紧紧包裹
升腾，与云朵共舞

这是一场梦与现实交织的旅程
在壮乡的每一寸土地上
古老与创新共存，诗意与生活相融
每一刻，都是灵魂的深度对话
我们，在这幅流动的画卷里，静静绽放

以绣球为笔

在一寸光阴的纤维里书写情谊
那是一首翠绿与朱红交织的歌谣
它引领你偶遇灵魂的共鸣
如山间骤雨后的清新

在古老的歌圩边
望见了时光的尾羽
它轻轻划过夜的宁静
留下星辰点点
那是夜的低语
璀璨且寂寞
足以照亮万千岁月的轮回
让山风携带花香
时浓时淡，穿梭于街市间
唤醒沉睡的回忆

故乡魂

当所有喧嚣沉入雨后宁静

寂寥诗篇

轻轻扣响铜鼓的魂灵

夜的织锦，层层叠叠

无尽深邃

光与影的舞蹈

在古藤的纹理间缠绵悱恻

孩子欢笑

在雨珠的交响中穿梭

护士身影

与湿润的空气共舞，悠长而温柔

老者发射二胡音符

如利剑般刺破黄昏的囚笼

风，这位老艺术家

慢慢收起光辉
依偎于灯火怀抱

山歌迷

雨的极致

藏匿于一字一句的情长里

光芒

倔强地守护着真意

不容丝毫的曲解

梦之阳台

酒窝安然入睡

编织着奇异的梦境

树的剪影

在逆光的舞台上

静静守望

直至山歌出现在边缘

波豪湖湿地公园欢迎您

芙蓉绽放

惊醒了知更鸟沉思

花瓣飞扬

在星期天画布

涂满了童年色彩

湿润而浓郁

星光与石子

在湖水的柔波里

轻吟爱的诗篇

为少女加冕

散步江边

月光按摩我的心脏

心境如

那蜿蜒崎岖小径

又如

万年流淌的漓江水

竹筏低语

轻盈地漂过历史的痕迹

稻田边,蛙声鼓

蟋蟀与风的和弦

在山歌未尽处

光影交织,秘密私语

黑夜以古老仪式

收集散落星辉

壮锦同色

风，解读我的诗篇
穿梭于
无垠
借着月的名义
织梦为网
捕捞每一缕逃逸的
思绪
在这一方天地
叶脉亦能飞翔
梦想，从不设限
万物皆有可染

山歌诗信仰

诗，化身为灵动的舞者
在光影交错的舞台
向我缓缓靠近
构建一座心的避风港
让我成为你眼中的风景
那是花雨与诗苑
牛羊，云朵，烟与雾
共同编织山歌与诗画卷

如同钻诗取火
点亮
智慧火花
我是那独一无二的存在
第千行诗的续篇
声音虽细，却能穿透喧嚣
直抵心灵舌尖

明天之二

如刀激光切割着远方的景色
让我看到了天堂的死寂
一遍一遍
晾晒
把花裙子旋转

我的泪
排列成明天
有苦涩也有甜
上边有大半个太阳光舞蹈
从空中像麦子般飘过

明天站立于窗前
成千上万的日历滚动着
踏着一缕阳光
向远方走去

第四辑　茶有独钟

茶有独钟

穿行，在翠微中
鸟鸣正好用来填充
微笑，孤岛只有表面
"为了在审判之前
宣读那些被判决的声音"
随意地穿过花草庄稼泥土
没有重逢，没有相见
茶宠、茶具吱呀叽叽
乌云俯首黑山头痛哭一晚
北方的水猜出我的风格
把语言的力量发挥到极致
建造一个隔音房
与雨水下嫩芽的暴动
假以嫦娥的名义
感受石头寄予希望

沉默依然是南方的故事

少喝酒要离酒很远

茶仙、茶圣默然永生

看到山上的石像

畅饮杯中往事

时刻准备着美丽不打折

还是满怀着旧念

风格是很特别的东西

你在我的航程上

照亮人们的睡眠

比诗界更浪漫比月亮更时尚

印章在公开地掠夺

跟你一样的人

遥远的天边升起笑脸一张张

开心的游戏上演一场场

皆大欢喜

恒久悠远的月亮
不如隔世的月亮
印泥香气升腾而起

穿越时空六翁月下品茗
不如一人孤单独角戏
扑面而来是铜臭气息

齐齐举杯高喊乌拉、乌拉
所有的月亮欢呼雀跃
第一千零一名是地气

元旦献给新春

无数，翻动着的日历
路上，让霜浸了的肩下

敲打，推开生命之门
一颗星就是一种思念

诗歌，给我甜甜的滋味
所有付出挤出阳光价值
一天天一月月慢慢沉淀
歌唱雨，歌唱彩虹
将来的日子不会再生疏
跳动闪动的命运的交响
近了近了的鲜花飘洒从天而降
追随着今日，红色的海洋
缓缓地撕开元宇宙新的不一样

思辨录

雨的尽头是黄色的
熟悉的小道是黄色的
石头是黄色的
笑脸是黄色的

在一片黄色之中
走过游动的鱼和我
一个金灿灿
一个白茫茫
傻傻分不清黑白阴阳
哪个是鱼，哪个是我

梧桐树下的小君

云雀停止了吵闹
果树林挂满了甜甜的果
最后那一场闪电淋湿了荷花

噢，亲爱的小君
他们说
红水河边的荷花喜欢听
我们的歌

噢，亲爱的小君
今夜
你会不会坐在月下
靠着熟悉的梧桐树

听我唱

你我熟悉的

《听闻远方有你》

听我的歌

飞进果树林

飞越红水河

飞向那一轮圆月

石歌

以前的老师，教念
山、石、土、田
有一股墨香味儿

后来的老师，教念
春天来了，花儿开了
有一股酒水味儿

现在的老师，教念
A、B、C
有一股法国香水味儿

不管时空如何变
每一个人都背着一座五指山
逃不出同一个手掌心

孙大圣也逃不出手掌心
他比我们多了
压在五行山下五百年

我们都是一颗会走路的石子
心向阳光，心存善念
再大的山也能背得起

时间啊，你慢慢走

时间慢慢悠悠地流淌
像一条小溪轻柔地唱
在田野上，阳光洒下金线
照亮了小村庄

孩子们笑声如银铃
在午后微风中飘荡
他们追逐蝴蝶，捕捉蜻蜓
忘记了时间匆忙

老人们坐在树荫下
回忆着往昔时光
他们讲述着古老的故事
时间仿佛停止了行进

时间啊，你这把神奇大筛子
筛去了白天和黑夜界限

发现

我遇见了一条会飞的鱼

它在空中翩翩起舞，引领我前行

飞行的鱼儿告诉我

在这片仙境中，一切皆有可能

我紧闭双眼，深呼吸

然后纵身一跃，与鱼儿一同翱翔

脚下的云朵变得色彩斑斓

我伸手触摸，却感觉温暖柔软

原来云朵是由棉花糖和梦境织成的

突然，一阵欢快的音乐响起

我转身一看，是诗人们在奏乐

他们用露珠制作琴弦

用花瓣吹奏出美妙的旋律

音符在空中跳跃，如同彩虹般绚烂

月亮成了滑梯，诗人们欢笑

笑声在空中回荡，久久不散

兴叹人生的夏师弟

梦中的云，轻触了晨曦的睫毛
天边
一片猩红，是谁打翻了
颜料盘
古堡的风，穿梭于时间的缝隙
夏师弟，是你吗
在历史的剧场，轻盈跳跃
又将故事封存在时光酒窖里

九月夜色里

夜幕低垂，城市灯火如繁星点点
在这无尽寂静中，我听见了脚步声
每一声脚步，都踏在心上
回响在空旷街道，唤醒了沉睡记忆

那些曾经喧嚣，如今已悄然无声
只剩下风穿过巷口
像是远方传来
讲述着过往

我站在窗前，望着远处灯火
仿佛能看见流转
每一盏灯背后都有一个故事
每一颗心都在寻找归宿

吵吵诗群

刷屏事儿连着霸屏
那么多恐龙
说自己半秒钟飞到云端

陪个屁孩刷微信
一起遨游宇宙再落地面
转眼一切清零

斗争斗论斗图斗文斗诗
虚度虚度复虚度
转瞬忘得一干二净

漫漫冲浪之路永远在线
每秒都在刷新前一秒的幻象
直到服务器羞愧自宫

一滴普洱茶水掉落的刹那

七色彩云飘过

千年古树嘱咐过

深潭青龙抚摸过

古老银生城穿越过

茶马古道铃铛伴奏过

生熟黑白人间冷暖熏陶过

一道闪电的时间

瞬间凝固了

透过一滴茶水看世界

时间定格在一张相片上

散发茶香笑脸的普洱圆月

茶与禅

喝茶，没有惊天地泣鬼神
喝茶，没有喝酒豪迈气概
喝茶，是三五好友叙叙旧
喝茶，是按下岁月暂停键
喝茶，是老禅师对小禅师说：
这只装满茶水杯像现在的你
你的看法和想法装得满满的
如果不把你自己的杯子清空
如何装得下要学习的禅
小禅师说：请师父喝普洱茶
（补尔茶？补耳茶？补课茶？
想多了，杯里的茶水又满了）

茶馆的午后时光

阳光轻吻杯沿,静谧而慵懒
茶馆角落,绿植间洒落斑驳光影
悠扬二胡,慢煮一室闲暇

摩挲纸页,字句犹如舒展的茶香
思绪随着蒸汽升腾,缭绕在空中
每个人都在自己的宇宙里飘浮
一杯接一杯,承载着无数个未完的故事

窗外车水马龙,行人步履匆匆
而这里,时间仿佛被刻意拉长
茶女郎的手艺流淌成诗
跳跃中,勾勒生活的轮廓

陌生人间的微笑,短暂却真诚

在这小小的空间里相互照耀

这里的午后时光

是一首无声的诗歌

父子论茶

孩子写作业，水在此

孩子：爸爸

为什么树和叶子喜欢水？

我扯出一张钞票说：

这是不是纸？

孩子：是的

问桌子上作业本

你是不是纸？

作业本无声

孩子：树和树叶可以制成纸

水摇晃叶子

摇晃杯沿，溅出

作业本上

飞起了彩虹

孩子：这是我的秘密

第一次从河池去北海看海

无须哀伤

群山吞噬了过往的汗水与泪水

只教江河不息

流向未知的明天

紫罗兰与纯白鸽

在晨曦中悠然转身

鸽羽翩跹

红月季缓缓坠入尘间

生命以顽强的姿态

向大海坦诚一切秘密

而后归于宁静

如释重负，轻松自在

六堡茶

雷鸣翻滚，雨珠洗刷绿叶

真我渐渐清晰

梦境与现实交织

心灵的冰河悄然解冻

我在片刻的欢愉中沉沦

窃喜那杯微甜的茶

山峦间

松涛协奏

拨动岁月的琴弦

你随风

岁岁年年，环绕我身畔

不离不弃

壮家文化大发展

西山红叶如霞

映照天际

那片片枫林

再度点燃

是对生活的热爱

对自由的向往

让我们以不羁之姿

拥抱每一个黎明与黄昏

告诉你一个秘密

在壮家枕头粽中

有仙姑

在壮锦中

有狼兵

在铜鼓中

有山歌王

丢手绢

每当那抹绚烂跃然于视线边缘

一场无声的追逐便悄然上演

被选中的幸运儿

手持那抹流光溢彩

悄无声息地绕圈轻跑

宛如时间的旅人

在寻找一个可以安放秘密的港湾

而其他人

背对着这场静默的风暴

心里揣着小兔般忐忑

却又满心期待那份突如其来

惊喜或是"惊吓"

如同一抹游离的梦

轻轻落在某人的身后

那一刻，空气凝固，时间暂停

只待一阵风过

消逝于风中的色彩

携带着自己渐行渐远的童年影子

骑竹马

在都市喧嚣中，追寻着童年

那份纯真与欢颜，是否仍在时光里流转

高楼林立，霓虹闪烁

穿梭于这陌生，寻找那失落

街头屏幕，映照着童年影子

奔腾向前，仿佛穿越时光，重回那片绿荫

指尖轻触，虚拟世界便在眼前展开

代码编织奇幻，心驰神往

林间小径，影摇曳

蹄声声入云端

童真渐行渐远，心却愈发迷茫

已成为旧时光，留在记忆深处

跳绳

像是时光机密码

一荡一转间，带我们回那无忧夏

轻跃间岁月倒流
每一圈旋转，是童年的温柔
那些日子，简单却璀璨如金

在记忆的角落，依旧闪闪发亮

甩出的风，带着青草香
混合着远处妈妈喊归的声浪

打弹珠

在胡同口有一场星球大战

珠子们

一个个身怀绝技

有的，穿着翠绿忍者服

隐身于草丛

有的，顶着火红超人披风

誓要燃烧激情

它们的目标？突破地心引力

直击笑点

裁判是风，观众是云

"咻——啪！"不是子弹飞

是笑弹炸开

如今，若见我低头沉思

呆呆一个人回忆

一定是那次如何用一颗弹珠

征服了全班的笑意

丢沙包

在遗忘的角落，沙包轻旋
孩童的影，斜阳里拉长了玩伴
笑声，溅落在灰尘与光的缝隙
每一掷，都是时间的轻轻叹息

街角的风，翻动记忆的页
那空中飞舞的，是昔年的蝴蝶
规则简单，如生活初绽的线条
在这方小天地，我们曾是王与后

岁月，以沉默之名缓缓前行
口袋里的梦，逐渐沉寂成黄昏
但每当夜深，星辰点点之时
心中的沙包，再次划破寂静，飞向远方

跳皮筋

"小皮球，香蕉梨，马兰开花二十一"
童谣响起，时光低语
每一次跳跃，都是对重力的轻蔑
在空中勾勒出自由笔迹

旁观老柳树，也微微颔首
用嫩绿枝条，为她们计数
风，悄悄地，偷走了这一刻的无忧
藏进岁月的诗行，供未来阅读

跳房子

第一步，脚丫子轻轻一踮

晨曦里的小迷糊

第二步，生活琐事大杂烩上线

练就了一身独门秘籍

三和四，青春剧场全开

梦想和疯劲儿齐飞

第五步，拐个弯儿，不打招呼就变道

六和七，恋爱那点事儿

一会儿晴天一会儿雨

第八步，时间那首老歌，越唱越远

沿着记忆小路溜达

捡几颗笑掉的牙

最后那一格，下一关的传送门

咱跳出这方框，奔向更大的舞台

懂了没

人生这场游戏，最"嗨"的就是永远

翻花绳

小小一根线掌中翻转

乾坤圈

五彩斑斓间

藏着童年无忧画卷

结扣似谜题

解开便是小小心愿

那时的笑声

比阳光更灿烂耀眼

智慧火种，点燃人生烽火台前

从三两结的简单快乐

到千百回的复杂变换

成长总在解结中遇见新起点

当昔日掌纹不再触碰那细线牵绊

却发现生活仍需那份玩味与勇敢

无论世界如何纷繁

初心依旧，快乐依然

踢毽子

"一、二、三……"数不尽的欢乐
在与脚尖的对话中流转
那是无须修饰的纯真

脚尖、膝盖、肩膀
每一次接触，都是技艺的绽放
快乐，在空中接力，不断放大

黑白闪回，旧时光的滤镜
爷爷的笑脸，奶奶的鼓励声
万物归心，尽在掌中荧屏轻展

一只毽子静静躺在地上
周围是散去的人群
空气中，笑声似乎还未散尽

推铁环

在梦境边缘，我轻触铁环
它带着岁月痕迹，缓缓转动
时光流水，围绕它流转
在回忆的画卷里，它是主角
它曾伴我走过童年田野
在阳光下，滚动出欢快旋律
那铁环上的每一个凹槽
都记录着风尘和笑声
它像是默默的见证者
静静地诉说着过往故事

每一个转动，都是时光的倒影
每一声碰撞，都是岁月的回声

保持一颗童心，怀揣一份纯真
在人生的旅途中，铁环是我眼睛

放风筝

天上跑
地头笑
拽着线，拉着风
一起上演天空的追逐闹

风筝是个大画家
用尾巴蘸着云彩涂鸦
小篾在地上喊话：
"快看，我把彩虹拉回家！"

偶尔绊倒，笑说："我要上天！"

大师姐

在熙攘江湖刀光剑影之外
看她如闲云野鹤，不问江湖是非恩怨
人们对淡泊宁静大师姐抱有无尽遐想
若非那卓尔不群的空灵气质与深不可测的修为
何以凸显这浮躁世间难得一抹超然独立

不见她持剑凌厉，只见她笑对风云
不闻她高声疾呼，只听她低语禅心
在众人追逐名利之际，她却独自研磨诗韵
每一字一句，宛如明镜照见万象
让纷扰世界在她的诗行中找到片刻的宁静

谷雨仙子

山间轻烟袅袅，缓缓展开
迎接每一滴使者
露珠在嫩叶上跳精灵舞步
溪流旁
一块块青石被洗刷得
更加温润
记录着千年的故事
偶尔，一两只早醒的鸟儿
掠过水面
翅膀剪开细丝
留下一道道涟漪
此时，天空中隐约出现
一名身着蓝印花布的女子
手捧一篮新摘的春茶
漫步于水墨渲染的山水间

她走过的地方

万物复苏

她是谷雨仙子

壮族"三月三"畅想

铜鼓敲击出夜空的星辰璀璨
那是壮乡的灵魂，在月光下悠然起舞翩跹
翠竹密林间的光影婆娑交叠
宛如绿色迷宫，藏着孩童捉迷藏的秘密乐园

龙脊梯田层层叠翠接天边
仿佛大地母亲编织的彩色锦缎
牧童短笛吹散晨雾的恬静
唤醒沉睡的山寨，飘荡着生活的甜

铜鼓寨旁篝火熠熠生辉
燃起一场热烈的歌舞盛宴
壮族少年挥舞火把奔腾
点亮了先祖智慧的星河，照亮童年的梦幻路途

山水之间，每一处景色皆寓言
壮族的风情在孩子心中种下诗意的种子
在时光流转中，绽放出千般灵性姿态
犹如神话中的精灵，诉说着这片土地的深深眷恋

古老与现代对接——壮家图腾篇

霓虹光影在古榕树间穿梭编织
壮乡的夜空被科技点染得诗意横溢
无人机穿行于喀斯特峰林之间
记录下绿色原野与现代文明交织的瞬间

铜鼓的节奏融合电子节拍
在时尚酒吧里回荡，碰撞出新的和谐乐章
智能耕犁翻动千年梯田
古老智慧与前沿科技在这片土地上共舞翩跹

高铁穿越青山绿水的画卷
载着壮族儿女驰骋在时代的轨道上
城市霓虹与壮锦交织成未来的织锦
古老民族的灵魂，在现代潮流中熠熠生辉

瞬息万变的时代洪流中
壮乡的风景不再是静止的画面
而是一首流淌着生活旋律的现代诗篇

致《雨嫣文学》创刊号

春雨亲吻着晨曦的脸颊
玫瑰在温柔的光线中悄然绽放
她红艳热烈，如同爱情宣言
在每个嫩芽苏醒的时刻

雨嫣，这名字带着玫瑰诗意
恰似这春雨洗涤过的花蕊般纯净
每一颗雨滴都落入了玫瑰心
流淌出一幅幅灵动鲜活

街头巷尾弥漫着淡淡的香气
那是春日赠予世界的礼物——雨嫣与玫瑰交织的旋律
她们在城市的喧嚣与静谧中起舞
在人间烟火与自然和谐中共鸣

春雨下，玫瑰盛放，雨嫣欢唱
生命的韵律在此交织碰撞
这一首关于春日、玫瑰与雨嫣的诗
就在万物生长的节拍中，悠然自得地流淌

流淌余馨融入心房、掌心

雨嫣仙子

凌波微步于繁华城池之中
她是那倾城的仙子
轻纱曼舞
眉眼间藏匿星辰河流

霓虹映照她如画的身影
千盏灯火难比其眸中璀璨
举手投足间，演绎凡尘与仙境的交织
在这座钢铁铸就的森林，播撒诗意的种子

雨落时分，她是温柔的使者
每滴水珠都承载她的密语
落在车水马龙的大街小巷
唤醒沉睡的梦境，抚慰忙碌的心灵

夜幕低垂，华灯初上之际

雨嫣漫步云端，俯瞰众生百态

她轻挥衣袖，让细雨化作琴弦

奏响一曲倾城的仙音，荡涤俗世尘埃

她，雨嫣，不仅是城市的过客

更是每一位奔波者心中的宁静寄托

以诗的姿态

在这瞬息万变的现代都市，书写永恒的传说

桨声灯影入江水

独自吟唱着岁月长河
在大地琴弦上
流淌着独自的旋律
每一滴水珠都是跳动音符
凝聚着天空与大地的契约
每一处转弯，每一瞬奔腾

在潮汐拍打下
将诗篇送往远方的海域
在晨曦与黄昏的交替中
写下涌动的主题
直到最后一滴水蒸发成云
依然保留下诗意的痕迹

要风得风，要雨得雨

越来越深
风像一本故事书
每一页都有新
故事
等待我去翻开
翻开

雨在树丛深处，藏着什么
似有好奇的眼睛在闪烁

数一数，今天又多了几个鸟窝
相思湖面又吹落几多枯黄的叶子

风风雨雨，看小鱼儿游过
仿佛带着波光闪闪

心，也被这风雨照亮

清新得好像冰淇淋的味道

元宵节

一只兔子四条腿
两只兔子八条腿
小篦的掌纹
挂在了天上，那么亮

吴刚看地上
无数个月亮
岁月香甜如元宵
元宵的汤药迷魂

草木皆兵

从春天打到夏天
从秋天打到冬天

鲜血，染红了花草
鲜血，染红了绿叶
鲜血，染红了没人收割的小麦
鲜血，染红了飘落的雪花

钢铁带着硝烟在天上飞
钢铁带着硝烟在地上跑

残垣在隆隆炮声中摇晃
断壁在残阳照射下呜咽

前面被炸了的森林

残树残草顽强站立

夜幕下无语

像极了一排排士兵

壮家黎明山谷

晨雾轻抚着山村
山峰露出轮廓
如同
守护古老故事的巨人

水稻田里，稻穗低垂
沐浴在
透明的露珠中
犹如珍珠撒落人间

村边
织布机的"咔嚓"声
唤醒了沉睡的村庄
少女的手指在纱线间舞动
编织出一幅幅

魔力壮锦

竹林
伴随着笛音，吹散了晨雾
那首古老的山歌回响
在风声中
是牧童从远方传来
带着山林的清新和自由

壮乡文化英雄传奇
故事藏在
每一滴茶水中
等待着日光的触碰

第五辑　／　剧中人

剧中人之一

窗帘，夜色
沙发，梦境
自由的边缘，枷锁在等待

入戏太深，角色模糊
我是那屏幕里的影
还是影子里的真
在这方寸之间
手指头敲打命运的符咒

点击，点赞，一键三连
网络的海洋，浮沉皆是缘
谁在幕后导演
这出永不落幕的大戏

献给师傅北北

非烟非雾晨曦里
目睹极北之地的曙光
触及无声飘落思绪之羽
得见那令灵魂震颤的静谧

穿梭于梦与醒之间
凤凰涅槃于烈焰之上
翩跹于云海之上
映照着千万颗晶莹泪珠

英勇的晨星，在深蓝帷幕中
炽热而幽静地闪烁，引领昼夜更替
青铜岁月，与后羿相比
不过是一抹淡影

北北师傅的星空画卷诗篇
喜悦与可爱交织的面容
沉吟、冥想与放声歌唱
被时光沙砾磨砺的心

师傅啊，"我愿与你共赴彼岸"
让心中信念，如破晓之光穿透黑暗
涤荡今世的困惑，照亮你我走出森林的路

剧中人之二

屏幕嬉笑握住了时间钥匙
谁更早醒来
一串代码，晨曦第一缕光线

一个人张嘴啃脸啃没了
一条猴鱼
一条孔雀尾巴
长城生根发芽长成亿里
长成航天飞机
长到月宫里

面具下
笑容如白十八
同镜中人
换了一副脸孔

石头也长出了苔藓

与愚公对骂

家中女子

与你

依旧城墙着

依旧山岳着

玻璃碎片

拼凑成完整的你

九月，你我

云间飘来一个嘹亮
两个回响

煮沸瀑布清泉
竹笛声融解彼此体内结石

而此时，我们在同一片天空下
共享一场风雨

诗友九月

万物都在倒退，时间学会了倒带
早晨是一只懒猫慢慢落山

夜幕则迫不及待地拉开白天序幕
在这里
每一步都踏着未知的旋律

花朵在凋谢的时候才最鲜艳夺目
树木的根系朝着天空伸展
仿佛想要抓住那些飘过的云朵

鱼儿们厌倦了游泳，它们学会了飞翔
从水里一条条排队，破空直上

在这里，笑声变成了泪水，不停进出

泪水却又化作打闹掰手腕

人们在梦里相遇，醒来后继续做梦
而梦境中的故事比现实还要真实

诗友九月，我们在一起
筑巢了一个醉卧美人膝的秋天

时光里的温柔角落

一堆原木背后，唤醒一幅画面
静默的原木，珍藏故事沉淀

衣衫如花映衬着彼此的笑容
点燃了阳光点燃了厨火

古老木头堆砌成墙
爱的痕迹刻在上面

鸟儿们却觉得飞翔太过单调
它们决定在地上散步，寻找新方向

圆圆的圆木面是一双双眼睛
见证刻录入年轮

变成炊烟变成云朵
变成一滴滴雨掉落

刚好落到老师的镜头上
同题照片发到翠宝微信上

舟孕

成群喜鹊携香味飞

来报喜

船上全是莲花妹

哼采莲调

鲤鱼跳进了金盘子

捡花瓣儿当香水洒

不算啥

闪瞎眼的小水珠

开口说话

英雄故事

在芦苇荡中，轻轻地摇曳着

如同微风穿过金光

又似晨曦中露珠闪耀

一切都在她指尖舞蹈

当你感到无比的温柔

仿佛置身于轻纱之中

心中满是暖阳

眼角却藏着一滴清澈的雨露

唇边一抹淡彩如云朵飘过

笑靥如花，渐渐绽放成湖畔涟漪

百岁奶奶拿起一张电影图片

讲述当年英雄游击队送饭的故事

秋之幻象

她穿梭在金色的雾霭之中
身影变得模糊

一只金色蝴蝶
翅膀上绘着古老符文

她告诉蝴蝶，蝴蝶告诉我
每一片落叶，是一张车票

用红枫叶作为货币
用银露珠作为珠宝

可以躺在柔软云朵之上
来到秋的老家

柿子树下

晨曦包围壮乡，柏崖木香包围古楼
笑声摘下那颗颗金黄果实

甜蜜在石阶上回荡，回荡
从此，向天空一伸手
只要向天空一伸手
柿子树顶的洞口打开，走出画外

自仙鹤翩然离去后
庭院中大柿子树
自那一刻起，便不再挂金色灯笼

晨曦之匙

菩萨。用它轻轻地触碰天边
如初绽花瓣轻抚晨露
它温柔地唤醒了沉睡世界
像慈母的手拂过婴孩脸庞

意识到手中重量
那是一日之始的庄严

像诗人低吟的第一句诗行
在静默中划开夜的幕帘

素影

苹果亲了一口一撇
桃子亲了一口一捺
一座高山
站立
光的尾巴在蜕变
蜕变

金橘、柚子、石榴绽放
绽放

季节包容一口时钟
渐渐拉长，越拉越长

带着千万个太阳和月亮
万物呼啸而来

那是你眼中的光芒

我们把家建在一滴露珠中

端午帖

五色丝线编成艾草香囊
挂在门前，祈求平安吉祥
雄黄酒和粽子
让我们一起品尝
艾叶蒸饭香

湍急江水划过几叶龙舟
看见，绽放在
岸边那么多荷花
气息在空气中弥漫

那一天
我们驾染了粽香的船
去龙洲岛钓鱼
还想着，邀小龙女一起

几度春秋盼望

唯独这里一枝独秀

全世界都躺平,躺平

抬起一只脚,做个金鸡独立

穿过弹孔,穿过阳光

穿过阴晴圆缺的月亮

天空睁着黝亮的双眼

饱满稻穗头压得很低

多少诗文,静谧夜晚

埋入地底多少层?

掐指一算

差不多一千零一夜

摸了摸栽在嘴巴

几层轻柔白纱,眼睛湿润

白云深处漏出一点惘然

霜降

秋天深处，露水加重了寒冷重量
寒风如刀，让寒冷更显寒冷

孤寂月亮轮廓显得格外清晰
每每飘飞一片枫叶
凉意中红舞着别离
思绪如烟雾，让心更加孤寂

陪伴的
只有手中握着一杯冷茶
回忆老家瓦房每片瓦片
每个字眼都像是冰冰铁链

鞋

无数。哪双属于你我
只只都有自己的归宿

《另一只鞋》
——泪目长征

红色的草鞋，在广西

无题

山上走下唱歌的石头，水
山下招手写诗的菊花，篱笆
一阵大风吹，枝叶断掉
天空传来一阵阵，雁的哀叹
一把琴，一本书，一个东方
一件红衣，一群客人。邀请
阳光飘来清单充实了天地
一只壁虎爬门帘说一声难
江面上一艘船亲吻着水划走
一枝红梅一只巨手把树推开
岸边群峰皱纹皱眉像光乘风
人间病了，有鸿毛，有泰山
追着珠宝，追着钞票，印章
路的尽头，一个人，一片叶

还有小朋友，光脚痛哭

徐霞客的鞋
让我羡慕

你脚上穿的，就是我
风雨，陪伴你一路

太阳为左，月亮为右

阿勒泰，北境之恋

你的名字是风的低吟
是古老的誓约轻启

穿越松林，带来了时间的吻
留下一片蔚蓝，与鹰共翼

心跳，和着马蹄声声
亲吻这片古老又年轻的土地

篝火旁，故事与酒，温暖了
银河星辰

爵士雨隙中的黄昏折叠

种下一朵黄昏
高楼玻璃窗
映出无数个我

诗缘启示录

雨滴在玻璃窗上作画
演绎
未竟的乐章
时光于
掌纹间流淌
沉淀命运的沙漏微暖

纸飞机翻越山河湖海
载着
少年飞翔的梦想
茶杯里的漩涡旋转
倒映着午后悠长

红飘带

火焰舞动，曾是少女的饰物
系在发间，随风漫步在街头
那么引人注目，那么笑容灿烂
系在鼓槌，随声招呼在你手

仿佛昨日
成了心中永恒一抹朝阳

一条在壮乡大地上
如赤龙奔海
一条在小树上
如鲜艳飞扬在前胸

隧中影

踏入隧道的那一刻，心跳骤急
黑暗如潮水般涌来，吞噬了光明
我疾步向前，心悬喉间
与伙伴并肩，与火车竞速
隧道深邃，回声悠长
恐惧与期待交织，心潮难平
我既盼望火车的呼啸，感受震撼
又惧怕那震耳欲聋，命悬一线
终于，我们屏息静气
朝着隧道尽头的那抹光亮奔去
穿越黑暗，重见天日
坐在轨道旁，等待火车的驶过
那时，我祈祷是一列客车
或许能与乘客挥手致意
然而，驶过的却是一列货车

我释然一笑，迎着风，数着油罐
听那"况且况且"的声音，回荡在隧中
那一刻，我忘却了所有纷扰与忧思
只留下隧中的影，和那颗重新跳动的心

陌上归来

在晨曦微光中，我踏上乡土的脉络

真我苏醒，在田野间悄然萌芽

心如稻穗，低垂着谦逊与希望

摒弃纷扰、怯懦，过往的阴霾已随风飘散

尘埃轻扬，心田的白莲静静绽放

在田野回响里，有牧歌悠扬与纯朴

于茅屋之旁栖息，我静听生活的呢喃

生命的旋律，在耕牛的哞声中回荡

我挥舞锄头，勾勒出希望田野

无须华丽，我自成这方天地真实篇章

探寻生活的深邃，我穿越金黄麦浪

丰收与耕耘，皆是大地赐予宝贵馈赠

骨骼如老树，扎根在深厚泥土中

无须修饰，真实的我与大地共鸣

春天里的马鞍山

细雨绵绵，入口即化
像世上最美味巧克力
装进似玉壶的兰城里
薄雾蒙蒙，隐约的马鞍
像遗落多年，风雨洗面
吹开压在舌下的桃花
吹动逆光尽头杨柳枝条
明天的早上
我将来到马鞍山脚下
观赏散步，会不会
因为迷雾更大而看不见
到时候，不要以为
山骑在马背上飞奔而去
懒洋洋的，起不来床
一个声音空中传达

春天的好处到了

万物复苏，不要偷懒

又到了需要播种的季节

春天，看瑶妹直播

小桃花枝条

攀扯

小瑶妹蜂腰

瀑布长发

上点关注

下点赞

咯咯咯笑

瑶家人

掌上明珠

透过手机屏幕

也看到芬芳

镜头一转

好惊讶

石头发芽

不绝的风景

不老的心情

石头上的花

舞弄影子

镜头转向乡亲

她们都害羞

躲开了去

转眼之间

直播已到黄昏

掉落山后日头

像谁熔炼黄金

乡村道路上

麝香的味道

飘出直播结束

目光

无边苦海生长的目光
沧桑2600年的目光
让人魂飞魄散的目光
让海枯石烂的目光
一个个望穿秋水的目光
一个个绝望无助的目光

让光辉接吻眼睛
一湾湛蓝的海水
走进每一双眼睛
打响一种钟响

春梦醒来

我在河里跋山涉水
它此后给你倾诉
在荒野以上
细心地护卫着偷偷开放的野花
你是我多情的憧憬
一团翠绿色的花香鸟语
在众多群体里走动。你是我的目光

含苞季

大地苏醒
用他自己的血来装饰
不远处
几只幼鸟悠悠地游
把点燃的水彩画掰成
春天的彩虹屁
几缕白雾浮在山腰
比氢气球还轻
上升青烟
忽左忽右忽上忽下招手
种子把自己种下
等待破土而发芽

古战场游记

从古遗址黄金招贤台
来到古战场，观看
驻扎地军营的大门
走得累了，天上的云
也被冻住了，景区的
旗帜风吹翻不动
只好停下来休息
又睡不着觉
聊天到深夜
坐在屋里听外面
是不是恶作剧狂飘雪
合并在一起
急下的雪花
在风中飘舞回旋
让我与古战场融为一体

月之触角

缓缓攀爬夜的脊梁
于峰顶，绽放半面银色的诡笑
流云，懒洋洋
旅者，偶遇月光
便嬉戏起捉迷藏

树之息，轻拂过夜的琴弦
叶，一场蜕变仪式
化为金黄的羽翼，助我涅槃
于风中，舞出一场沐蝶的序章

目光，如丝线，悄然缠绕
你的眼眸，深邃如未探冰湖
封印着火山般的热情
无声的回应，是紧握的手

温度，传递着未言的诗句

静坐，于月下庭院
时光，凝固成琥珀的静谧
无须言语，心已共鸣
此景此情，令星辰嫉妒

黄锦鳞

轻轻摇尾于清泉之底
仿佛
悟透了宇宙禅机
编织
梦游轨迹

我的主人叫阿游
在夏日午后
与云朵共饮下午茶
巴黎铁塔上走走
埃及金字塔里
教法老王跳起了恰恰

穿梭于历史的缝隙
与达·芬奇探讨

鱼的色彩

在莫奈的睡莲旁

教青蛙们游泳

在一场宫廷宴会上

穿着燕尾服

指挥着交响乐的高潮

在繁忙都市森林

荒凉沙漠中央

卤料、清蒸、红烧

找到

一片属于自己的

清凉

行走

云的眼睛收留残骸
彩霞的
余烬与黑暗同流
海浪遥远，风的隐语萦绕

这时，时间落下
骨骼的咔咔作响
与疼痛一起，钻入身体
同沧桑一起变得沉重

我向往雪山化作一滴晶莹的泪
悬挂在唐朝男子的额头

哦，亲爱的
你有珠峰之石寒冷的分量

赶路人

云雾中约
酒杯轻斜
笑声远去
一鸟凝视深渊

碧湖之夜
灯光
吸引
茶缘的年轮

红酒散开
烟花已出发
星光已发芽

一个人抡刀

砍背篓里的星光
一片片地削出来

西瓜

炭烤冰镇西瓜
在炉边
蜜蜂在西瓜里
竟然，安家

把冰抬到村头
把蜜蜂引到塘下
听张大人
审恶少

西瓜甜了张桂花的童年

变脸

最近附近的美食店
招揽客人，有变脸表演
我也随波逐流，不为美食，只为观看

眼饱了，胃饱了，该逃跑了
天空变脸。我成了落汤鸡
世界上样样都会玩变脸
每一颗落下的雨滴。海洋。大地。星际

除了你
我的妈妈，你永远只有一张慈祥的脸

压缩

诗很长，长到望不到边
永恒的雪月风花，春暖发芽
诗很宽，宽到没有边际
酒海，茶雨，咖啡巧克力童话
诗很大，大到容不下诗自己
手里拿一颗叫地球的彩珠
一万倍显微镜观察
冒烟的小点叫汤加
顺风耳听到，咝咝咝咝……

我把诗压缩压缩几个世纪
变成了现在的你，1T指甲片大的存储卡

安葬小蜜蜂

这个冬季，一直下着雨
花园地上冰水中，
静静躺着一只小蜜蜂尸体
我把它隆重安葬在花盆里
待到春天园花烂漫时
勤劳的小伙伴会找到你

文艺一辈子

在壮乡的晨曦中
我拾起一滴露珠
那是夜的遗言
也是日的启示

我用它磨亮了笔尖
书写着古老的浪漫
不是风花雪月的矫情
而是山川河流的深情

我在壮锦上织梦
每一针一线
都是时间的低语
和空间的轻吟

我用铜鼓的节奏

击打着岁月的脊梁

让每一个音符

都跳跃着生命的火花

我在篝火旁跳舞

每一步一转

都是灵魂的飞翔

和心灵的呼唤

我用竹筏漂流

穿过峡谷的险峻

不是为了征服

而是为了与自然对话

我在梯田上耕耘

每一块泥土

都是祖先的智慧

和大地的馈赠

我用山歌声传情

那不仅仅是旋律

更是世代相传的故事

和永恒的誓言

这就是我的文艺
它不张扬，却深沉
它不繁复，却丰富
它是我骨髓中火化剩下的舍利子

后记

　　在创作《掠过额际的光影》这部诗集的过程中，我仿佛经历了一场灵魂的旅行。从《红酒》的醇厚深沉，到《心道》的静谧探幽，再到《茶有独钟》的生活哲思，最后到达《剧中人》的人生百态，每一步都充满了对世界的感悟和对生命的思考。

　　这些诗篇，有的源于对自然美景的赞叹，有的是对个人经历的回顾，还有的是对社会现象的批判与思考。它们共同构成了一个多维的情感空间，既是对过去岁月的怀念，也是对未来生活的期许。

　　在文字的浩瀚海洋里，每一行诗都是心灵的独白，是灵魂与世界的对话。每一次落笔，都如同灵魂的触碰，激荡起内心深处的情感波澜。这部诗集是我多年来情感与思考的结晶，它不仅细腻地记录了生活的点滴感悟，更承载着我对世界的深刻审视。它见证了我的自我成长与反思，每一首诗都是心灵的印记，铭刻着我对世界的感知、对生命的思索以及对自我内心世界的不懈探寻。它们如同一道道光影，轻轻掠过我的额际，留下了不可磨灭的印记。

衷心地感谢一直支持和陪伴我的家人和朋友们，是你们给予了我创作的动力和灵感，让我在诗歌的道路上不断前行。未来，我将一如既往地用诗歌记录生活，用文字表达情感，用心灵去感受这个丰富多彩的世界，为大家带来更多触动心灵的作品。

黄宇辽

2024 年 11 月 1 日